두근거리는 북쪽

파란시선 0031 두근거리는 북쪽

1판 1쇄 펴낸날 2018년 11월 30일
지은이 김남호
디자인 최선영
인쇄인 (주)두경 정지오
펴낸이 채상우
펴낸곳 (주)함께하는출판그룹파란
등록번호 제2015-000068호
등록일자 2015년 9월 15일
주소 (10387) 경기도 고양시 일산서구 중앙로 1455 대우시티프라자 B1 202호
전화 031-919-4288
팩스 031-919-4287
모바일팩스 0504-441-3439
이메일 bookparan2015@hanmail.net

ⓒ김남호, 2018, printed in Seoul, Korea

ISBN 979-11-87756-31-6 04810
    979-11-956331-0-4 04810 (세트)

값 10,000원

두근거리는 북쪽

김남호 시집

시인의 말

돌아눕지 않기 위해
처음의 자세를 기억하지 않는다

묻지 않아서 대답을 못 했는데
대답을 못 할까 봐 묻지 않았나 보다

내가 나를 끌어다 덮는 밤이다

차례

시인의 말

제1부

제1부

빚다

그이가 무른 진흙으로
자기를 빚었듯이

나는
물컹한 아버지로
나를 빚는다

상처도 위로도 없는
호흡도 맥박도 없는

살았는지 죽었는지도 모르는

한 덩이 종이 찰흙 같은
한 덩이 욕설 같은

스물두 살 같은

마루 밑에서 보낸 한 철

모든 것들은 그 위에 있었다
주인도 손님도 도둑도
예수도 부처도 생선 대가리도

나만 그 아래 있었다
거기서 먹고 자고 싸고
가끔 짖거나 짖지 않거나

뼈다귀를 던져 주면 뼈다귀를
똥을 던져 주면 똥을 욕을 던져 주면 욕을
주는 대로 물고 왔다

모든 것은 그 아래로 물고 와서야
비로소 내 것이었다
심지어 나 자신조차도

그곳은 지상이었지만 하늘이 없었고
하늘이 없어서 죄가 없었다

내 몸은 허기의 힘으로 굵어져서

우그러진 밥그릇처럼 투명해졌을 때
그곳에서 끌려 나와 매달렸다

그들의 십자가에 대롱대롱
뼈다귀와 함께 악다구니와 함께

줄넘기

새파랗게 날 선 줄이 회전을 한다
쉭쉭 바람 자르는 소리를 낸다
동그란 칼 무지개 뜬다

양쪽에서 칼자루를 쥐고 칼을 돌리는 아이도
줄을 서서 칼을 기다리는 아이도 노래를 부른다

첫 번째 아이가 까닥까닥 발끝으로 박자를 맞추더니
무지개 칼날 속으로 머리부터 집어넣는다
회전 칼날 속에서 아이가 돈다

두 번째 아이도 머리를 집어넣는다
세 번째 아이도 머리를 집어넣는다

아이들을 모두 삼킨 칼날이 쉭쉭 빈 허공을 핥는다
빠져나올 타이밍을 놓친 하루해가 발목부터 잘린다

하늘이 벌겋게 물든다

쿠크다스

오늘의 운세는
오늘의 날씨
오늘의 슬픔

미처 오늘에 당도하지 못한 내일의 비애
잠시 빌려 온 궁금한 평화

내가 살아 있음으로써 존재하는
도무지 어찌할 수 없는 것들

어찌해 버리고 싶은 것들

지구가 저곳의 별이 된다 한들
바뀌지 않을 운세
바뀐다 한들 금세 후회할 운세

앉은자리에서 세 통을 다 먹는
좀체 멈출 수 없는
멈추어지지 않는

뼈아픈 후회

열쇠 수리공이 와서
내 입을 열자마자
붉은 뼈가 쏟아져 나왔다

꽃잎처럼
욕설처럼

쏟아지는 뼈
받아 적을 수도 없는
외면할 수도 없는

뾰족하거나
사소하거나
비겁한 뼈

어떻게 저게 뼈란 말인가

어떻게
내가
나란 말인가

물을수록
구부러지는 뼈

뼈아픈 뼈

조조(早朝)

두 놈이 서로 마주 보고 총을 겨누고 있다
서로의 눈에서 눈을 떼지 못하고 있다
낭떠러지처럼 눈싸움을 하고 있다
쏘지도 돌아서지도 못 하고 있다
이쪽 놈이 움직이면 저쪽 놈도 움직인다
도플갱어처럼 닮았다
샴쌍둥이처럼 붙어 있다
모퉁이에서 두 놈은 서로를 지우며 갈라선다
모퉁이는 직각으로 달려와서 직각으로 헤어진다
한 놈이 모퉁이를 등지고 총을 쏜다
다른 놈도 모퉁이를 등지고 총을 쏜다
총알은 모퉁이에서 어긋난다
모퉁이만 아랫도리가 헐거워진다
두 놈이 한눈에 보이는 모퉁이에는 내가 있다
저놈들이 쏜 총알은 죄다 나를 보고 달려온다
나에게는 등질 모퉁이가 없다
술만 취하면 온 가족에게 총질해 대던 아버지가 죽고
바락바락 대들 모퉁이가 없어졌다
캭, 이놈의 집구석! 하며 침 뱉고 돌아설 모퉁이가 없
어졌다

총알은 슬로우 모션으로 날아오는데도 피할 모퉁이가
없다
정조준된 햇살이 가지런하게 날아오는 오전 10시,
롯데시네마 지하 2관 H열 17번석에서
목격자도 없이 나, 피살되는 중이다

걸레질

그녀의 걸레질은 멈출 줄을 몰랐다
할수록 더러워졌고
더러워질수록 치열해졌다
그 일에 모든 걸 건 사람 같았다
걸레질은 일주일 동안 계속되었고
걸레는 이미 걸레가 아니었다
거길 뭣하러 그렇게 닦아요?
아무도 묻는 사람이 없었다
만일 누군가가 그렇게 물었다면
그녀는 마른걸레처럼 미쳤을 것이다
아무도 묻지 않았기에 미치지 않았고
아무도 묻지 않았기에 미칠 수가 없었다
그러나 누구도 물을 수가 없었고
그녀는 언제 미쳐야 할지를 몰라서
걸레질만 하고 있었다
아무것도 닦을 수 없는 걸레로
무언가를 닦고 있었다

포르노를 보고 숨이 멎는 것은

나도 저렇게 한번
해 보고 싶어서다

증오 끝에 만난 과도처럼
나를 찔러 보고 싶어서다

신음을 흘리며 자지러지는 나를
끝까지 훔쳐보고 싶어서다

정강이뼈만 남은
붉은 소화기처럼

허옇게 나를
뿌려 대고 싶어서다

불타고 싶은 이곳에서

불타는 시늉만 하는
저곳으로

내 고장 칠월

내 고장 칠월은
벼락이 익어 가는 시절

밤마다 장대비 쏟아지고
꿈마다 쩍쩍 금이 가는 시절

후회도 없이 용서도 없이
늙은 느티나무처럼
반으로 쩍 갈라지고 싶은 시절

갈라서고 싶은 시절
총총히 빗속으로 사라지고 싶은 시절

밤새워 욕하느라
아침마다 목이 쉬는 시절
입에서 시궁창 냄새가 무성해지는 시절

저울 위에 서면
내뱉은 욕의 무게만큼 혓바닥이
가벼워지는 시절

내 몸무게에서
혓바닥의 무게를 빼면
벼락의 무게가 되는 시절

벼락으로 충만한 시절
벼락으로 충전하는 시절

밀도들은 다 어디로 갔을까

빼곡하게 주차돼 있는 차들 사이로 개 두 마리가 지나간다 암캐 뒤를 수캐가 바짝 따라간다 숨바꼭질하듯 한 놈이 나타나면 다른 놈이 사라지고 둘이 같이 나타나면 둘이 같이 사라진다 나타나고 사라지는 경계가 촘촘하다 암캐의 꽁무니를 더듬는 수캐의 코가 촘촘하고 다급하게 엉덩이를 타고 오르는 수캐의 앞발이 촘촘하고 수캐를 뿌리치는 척하면서 달고 가는 암캐의 뒤태가 촘촘하다

그때는
나도 저렇게 촘촘했었지 그때는
너도 저렇게 촘촘했었지 우리는
돌아누울 틈도 없이 촘촘했었지
그 빼곡하던 우리는
다 어디로 갔을까
스치기만 해도 깜짝깜짝 놀라던 그 손들은
다 어디로 갔을까
서로의 정강이뼈를 물고
대체 어디로 갔을까 우리는

골목에는 냄새가 살지

이 골목은 된장찌개 냄새가 살고
저 골목은 삼겹살 냄새가 살고
그 골목은 옅은 향수 냄새가 살지

어느 골목은 화장실 냄새가 살고
어느 골목은 하수구 냄새가 살고
어느 골목은 시체 썩는 냄새가 살지

골목마다 나는 다른 사람으로 살지
이 골목에서는 열세 살의 내가
저 골목에서는 마흔일곱의 내가
그 골목에서는 목매달고 죽은 내가

지나쳐 온 수많은 골목들
내 몸에서는 그 골목들의 냄새가 나지
나도 모르는 냄새가 나지

저 고양이가 나를 흘끔흘끔 피하는 건
내가 지금 어느 골목을 지나고 있다는 거지

편식하는 고양이

오른쪽 뺨을 때린 자에게
왼쪽 뺨도 대 주어라!

(너의 새해 운세는 왼쪽 뺨에 있었군)

이건 뺨도 신발이나 장갑처럼
한 짝만으로는 쓸모가 없다는 말씀?

(아니면 한쪽을 건드린 놈에게 나머지 쪽도 물려야 한
다는
자해 공갈단의 강령?)

어쨌거나 지금은
붉은뺨멧새 두 마리가 마주 보고
서로가 서로의 뺨을 번갈아 때리는
친화의 시간

제 발바닥에 침을 묻혀
제 뺨을 피가 나도록 문지르는

두근거리는 북쪽

　다시 머리를 북쪽으로 향한 채 달아나는 잠을 붙잡았다 거기는 망자의 방향이라고 아내는 말렸지만 이미 북서쪽을 한참 지나온 내 나이에 두려운 방향이란 없다 아니다 두렵지 않은 방향이란 없다 세 번째와 네 번째 갈비뼈 사이에서 북두칠성이 엎질러진다 그 바람에 갈비뼈를 헛디딘 새들이 놀라서 새벽을 깨운다 새벽은 늘 헛디딘 자들의 악몽으로 부산하다 헛디디지 않기 위해 제 발목을 자르는 초저녁도 있다지만 발목은 자른다고 없어지는 게 아니다 발목은 발목이라고 믿는 거기서부터 발목이니까 발목이 없어서 기울어진 자들은 믿음이 부족한 자들, 무릇 믿지 않는 자들의 잠은 얇은 법, 얇디얇은 잠을 덮고 조심조심 왼쪽으로 돌아눕는다 심장에 짓눌린 새들이 두근거린다 그 바람에 간신히 붙잡은 잠을 놓쳐 버린다 잠은 더욱더 북쪽으로 달아난다 저기서 조금만 더 들어가면 다시는 깨지 않아도 된다는 거기, 갑자기 새벽이 더 심하게 두근거린다

숟가락을 기다리는 입술처럼

인간의 입술은 그가 마지막으로
발음한 단어의 형태를 보존한다
—오시프 만델슈탐

인디언의 어느 부족은
태어나서 맨 처음 본 것으로
그 아이의 이름을 짓는다지
어느 아이의 이름은
흘레붙는 두 마리의 개

당신은 태어나서
맨 처음 무엇을 보았기에
길 영 자 목숨 수 자, 영수였나
친구들은 길수라고 불렀지
어이 길수—, 하고 부르면
측간에 앉았다가도 뛰쳐나갔지

아무도 날 불러 주지 않는 날이면
나 혼자 당신의 이름을 불러 보네
어이 길수—, 어이 길수—
내 입술은 휘파람처럼 둥글어져서
당신의 마지막을 불러오지

그날,
무슨 말을 마지막으로 했기에
숟가락을 기다리는 입술처럼
방금 똥을 눈 똥구멍처럼
그리도 동그랗게 당신의 생애를
요약해 버렸을까, 허겁지겁

칼의 노래

1

내가 칼을 사랑하고
칼이 나를 사랑했을 때

무엇이든 벨 수 있었고
누구든 찌를 수 있었을 때

한 자루만 지니면 겁나는 게 없었을 때
칼을 안고 출출이 우는 산골로 가 마가리에 살고 싶었을
때

아직도 내가 나였을 때

2

가방에도
호주머니에도
차의 콘솔박스에도
시퍼런 칼이 있었지

심지어 입속에도
사타구니에도

3

사람들은 나를 칼맨이라고 불렀지
대한항공에서 근무하는 후배는
자기도 칼맨이라고 우겼지

카르멘(Carmen)도 아니고 KAL맨도 아니고
철수는 철수고 영희는 영희이듯이
나는 마땅히 칼맨인 줄 알았지

설베인 내 목이 단추처럼 달랑거리기 전에는

●출출이 우는 산골로 가 마가리에 살고 싶었을 때: 백석의 시에서.
●내 목이 단추처럼 달랑거리기 전에는: 이기성의 시에서.

고추잠자리

급하게 벗어던진

꽃무늬 팬티도 아니고

맞을수록 어긋나는

회초리 자국도 아니고

발기한 지렁이도

풀 죽은 티라노사우루스도 아니고

얼레리꼴레리

꼴릴 대로 꼴려서

제 대가리에

제 성기를 쑤셔 박으며

피 터지게 불꽃놀이하는

저 아찔한 흘레

개와 나

숲 속에
향기로운 길이 있습니다
오늘도 나는 산책을 합니다
멀리서 똥개 한 마리가
혀를 빼물고 걸어옵니다
나는 그 개를 피해
길섶으로 비켜섭니다
개는 잠시 나를 올려 보더니
내가 왔던 길로 갑니다
나도 개가 왔던 길로 갑니다
가다가 궁금해서 돌아봅니다
개는 꼬리를 늘어뜨린 채
돌아보지도 않고 묵묵히
제 갈 길로 가기만 합니다
나도 꼬리를 내리고
묵묵히 가기로 합니다
그런데 자꾸 개가 궁금합니다
돌아보고 싶은데 참고 갑니다
돌아보면 개한테 지는 겁니다
그래도 궁금합니다

에이, 그냥 돌아봅니다
개는 때죽나무 밑에서 오줌을 누고 있습니다
나도 때죽나무를 찾아 오줌을 눕니다

개처럼

주먹이 우는데

비가 옵니다
물끄러미 운동장을 내다봅니다
큰 형수님 얼굴처럼 넙데데합니다
건너편 산으로 새 한 마리가
돌멩이처럼 날아가 박힙니다
산이 움찔합니다
온몸으로 날아가는 것들은 왠지 아픕니다
온몸으로 달려드는 빗방울에
운동장도 퍽, 퍽, 구겨집니다.
오래전 저렇게 구겨진 적이 있습니다.
퍽, 퍽, 퍽, 담벼락을 쥐어박으며
소낙비처럼 울었던 적이 있습니다
병신같이 병신같이,
울기만 했던 적이 있습니다
집주인은 얼마나 놀랐을까요
담벼락은 얼마나 우스웠을까요
여물지 않은 주먹은 또 얼마나 아팠을까요
나는 얼마나 쪽팔렸을까요
비가 옵니다
이젠 쥐어박을 담벼락도 없는데

주먹도 없는데 주먹으로 훔칠 눈물도 없는데
온몸으로 날아가서 죽을 새도 없는데

흑백사진

그때가 언제였다던가
거기가 어디였다던가

겨울이었다던가 봄이었다던가
초등학교나 들어갔을 때라던가
아직 멀었을 때라던가

저 후줄구레한 잠바는
검정색이었다던가
자주색이었다던가

나였다던가
형이었다던가

살았다던가
죽었다던가

기억이 새는 어머니는 다시
흑백사진 속으로 들어가 버리고

죽지도 살지도 못 하고
나는 흑백사진을 빠져나오네

전야

누가 머리맡에
불씨 섞인 재를 뿌렸을까?

얼굴이 후끈하다
그렇다면 악몽일까?

서로 공평하게
그렇지, 공평하게

따귀를 한 차례씩 교환했는데
왜 이리 황송할까?

맞은 따귀는 멀쩡한데
왜 때린 손이 얼얼할까?

크게 웃었던 기억이 없는데
내 얼굴은 왜 이리 찢어졌을까?

도대체 술값은 왜
내가 냈을까?

사다리를 탄 적도 없는데

Vandal

캄캄한 강에서 그가 노래를 부르네
모터보트를 타고 달리며 노래를 부르네
보트가 지나가자 잠시 강물이 술렁이고,
그는 뱃놀이 나온 사람처럼 노래를 부르네

캄캄한 강물 위에서 왜 노래를 부를까
엔진 소리에 휘감기면서 왜 노래를 부를까

갑자기 노랫소리가 사라지고
갑자기 강물은 깊어지고
모터보트는 어둠 속으로 빨려 들어가고

왜 안 부를까
왜 안 부를까
자맥질하듯이 조바심을 치네
조바심이 눈덩이처럼 커져 가네

다시 노랫소리가 들려오고
귀에 익은 노랫소리가 들려오고
어둠 속에서 상여 하나 떠내려오네

노래가 상여를 끌고 내게로 오네

돛대도 아니 달고 삿대도 없이
나를 싣고 상여는 가네 앗싸!

노래방으로

당신이 입을 다물었을 때

　나는 내 입속에 갇혀서 살았습니다 입속에서 책 보고 담배 피우고 술 마시고 입속에서 전화하고 신문 보고 욕하고 침 뱉고 자장면도 입속으로 배달시키고 빈 그릇은 신문지로 둘둘 싸서 입 밖에 내놓았습니다 해는 왼쪽 어금니 근방에서 떠서 오른쪽 어금니 쪽으로 지고 저녁 무렵이면 마르다 만 빨래가 송곳니에 걸려서 휘파람처럼 나부꼈습니다 가을이 가고 여름이 가도 내 입에서 당신 입으로 이어진 길들은 여전히 끊어졌고 겨우내 내 이름만 불렀습니다 내 입으로 불려지는 내 이름은 낯설었습니다 그만 나를 캭, 뱉어 버리고 싶어서 두어 번 가래를 돋운 적도 있었습니다만 그것도 다 지난 일 지금은 뱉어질까 두렵습니다 군내 나는 이 구중궁궐(口中宮闕)에서

초승달

글쎄, 내가 무슨 짓을 했다고 어둠의 아가미가 저리도 벌렁거리지?

제2부

매일매일 김 씨

오늘도 출근을 하네 눈도 코도 없는 내가, 눈치도 코치도 없는 내가, 낌새도 모르고 뵈는 것도 없는 내가, 건들건들 출근을 하네 입구도 출구도 없는 직장으로 출근을 하네 퇴근은 없고 출근만 하네

김 과장님 하고 부르면 절대 안 돌아보네 김 선생님 하고 불러도 절대 안 돌아보네 테니스장 옆을 지날 때 어이 김 씨 그 공 좀 던져 줘 하면 비로소 돌아보네 저만치 굴러가는 노란 공을 따라 나도 노랗게

굴러가다 그만 내가 그 공을 앞질러 가네 공이 어이없어 해도 못 본 척하네 어이 김 씨 하며 공이 나를 불러 세워도 절대 안 돌아보네 공이 따라오나 안 따라오나 궁금해도 절대 안 돌아보네 아, 나는 언제나 안 돌아보려고 애쓰는 사람! 그만두려고 애쓰는 사람!

오늘도 그만두기 위해 출근을 하네 그만둘 직장으로 그만둘 사람들이 출근을 하네 매일매일,

레비아단

나는 뒤가 없는 사람
숨기면 숨길수록 탄로 나는 사람
나는 너무 빤해―
나는 너무 단순해―
식도에서 항문까지 직통하는 사람
입이 항문이고 항문이 입인 사람
강장동물 같은 사람
그래서 밥이 곧 똥이고
똥이고 곧 밥인 사람
여보, 출근 시간 늦겠어, 빨리 똥 차려 줘!
허겁지겁 똥을 먹고
똥차에 시동을 거는 사람
벌써 며칠째 화장실에서
밥을 싸지 못해 전전긍긍하는 사람
더부룩한 배를 끌어안고
출렁거리는 사람
똥값도 겨우 하는 사람
에라이, 밥 팔아 똥 사 먹을 놈아!
욕을 해도 지당하신 말씀,
어떤 욕도 소화가 되는 사람

잘 익은 똥에서는 꽃향기가 난다
고 믿는 사람
나는 너무 다정해—
나는 너무 다감해—
항문에 나비가 꼬이는 사람

●잘 익은 똥에서는 꽃향기가 난다: 복효근 시의 어느 구절에서 변주함.

핫, 도그들

죽여도 죽여도
줄지어 몰려오는
엄마들

몸통만 남겨 놓고
달아나 버린
손목들

첨벙첨벙
물웅덩이를 건너가는
입술들

튀김 가루를 뒤집어쓰고
기름 솥에 뛰어드는
똥개들

저요, 저요,
번쩍번쩍 손을 치켜드는
모텔들

아침이면
가늘어지는
골목들

토사물을
깨작깨작 핥아먹는
빗물들

하나씩 죽이기에는
너무 많은
애인들

네 이름은 뭐니?

너는
떨지도 않고
울지도 않고
웃지도 않고

오늘도 나는 네 이름을 묻지
넌 참 예쁘구나
이름이 뭐니?

너는
길지도 않고
멀지도 않고
오지도 않고

오늘도 나는 네 이름을 묻지
이리 가까이 오렴
네 이름이 뭐니?

아침부터 저녁까지
내 뒤만 따라다니는

이십오 년 동안 한 번도
이름을 불러 본 적이 없는

내 딸아,
네 이름은 뭐니?
한쪽 눈알이 빠진 네 바비 인형은
이름이 뭐니?

낭만에 대해

가로와 세로가 똑같은 교실에 대해
너무 웃자란 수학 공식과 영어 단어에 대해
개구멍으로 사라져 간 선생들에 대해

웃음을 참아야 하는 장례식장과 고스톱과 잔치국수에
대해
멀건 국물에 빠져서 허우적거리는
똥파리의 과체중과 안경을 벗어야 보이는
시력(視力)과 사력(死力)에 대해

칭얼거리는 마누라들의 초경과 겉늙은 딸내미들의 폐경
에 대해

조기 축구의 부담스러움과
18번 홀의 쓸쓸함과
임플란트의 허전함에 대해

만날 때마다 이름이 달라지는
우리의 우정에 대해

유지매미가 우는 3분 동안

느티나무가 녹고 그 아래 노인들이 녹고 덜그덕거리는 틀니가 녹고 보이는 족족 잡아당기는 돋보기가 녹는다 장기판 위의 말이 녹고 코끼리가 녹고 다가가면 죽어 버리는 며느리가 녹고 안으면 기절하는 손자가 녹는다 물을 수도 따질 수도 없는 그래서 묻지도 않고 따지지도 않는 상조 회사가 녹고 불안해서 견딜 수가 없는 노후안심보험이 녹고 3분만 아니 1분만 딱 서 봤으면 하는 아랫도리가 녹고 먹어 봤자 핏발만 서는 비아그라가 녹는 동안

한 생애가 가고

어느 산부인과 앞에서 다음 생의 내가 다음 생의 엄마 등에 매달려 등이 파래지도록 울고 있다

우울증이 필요해

난, 취미 활동이 필요해
가슴에 칼을 꽂는 랄랄랄
노래가 필요해

울어라 기타 줄아!
기타 줄이 필요해
기타 줄을 할퀴는 손톱이 필요해

너무 바싹 잘라서
새파랗게 질려 버린
초승달이 필요해

네 이웃을 사랑하라?
그럼 난 누가 사랑하지?

나보다 불행한 이웃이 필요해

어쨌든 지금은
둥글게 감아올릴
콧수염이 필요해

합평회

내 입속에다
제 혓바닥을 집어넣고 말하네
마치 나처럼 말하네

(할 말이 없는 나는 입이 열두 개)

내 입으로 술 마시고
내 입으로 욕하고
내 입으로 키스하고
내 코로 숨 쉬고
내 눈으로 훔쳐보고
내 성기로 섹스하고
내 똥구멍으로 똥 누고
내 시로 뒤를 닦네

(시를 못 쓰는 나는 똥구멍이 열두 개)

릴케가 어때서?

　오늘은 소심하고 쪼잔한 내가 새삼스럽게 얄밉고 싫어서 저만치 발끝으로 밀쳐 버리다가, 그래도 그런 내가 안쓰럽고 딱해서 또 살며시 끌어당기다가, 이 나이가 되도록 정말 내가 왜 이럴까 왜 나잇값도 못 할까 싶어서 더 멀리 걷어차듯이 밀쳐 버리다가, 좀 대범하게 멋있게 폼 나게 이를테면 명량의 이순신 장군처럼 살 수는 없을까 하다가, 아니지 내가 장군은 좀 그렇고 동그란 안경 쓴 김구 선생처럼 하다가, 지금이 어느 땐데 김구 선생은 좀 그렇고 라이너 마리아 릴케처럼 하다가, 라이너 마리아 릴케? 나 원 참 나 까짓걸 어디다 갖다 대 하다가, 그런데 가만, 내가 어때서?

백설공주와 짧은 다리의 사내들과

줄줄줄 흘러내리는 엉덩이와
빨랫줄처럼 휘어지는 오후의 키스와
품, 품, 품 춤을 추는 개와
비행기가 솟아오르자 갈라져 버린 하늘과
심오한 대답만 골라 하는 방귀와
라캉도 이해할 수 없는 라캉 심리학과
할부로 산 TV와
함부로 산 출생의 비밀과
환자 수보다 훨씬 많은 병명과
이름을 불러 주면 비로소 시작되는 통증과
죽어야 살아나는 상조회 서비스와
떠나지 말아요, 허니, 허니—
부를수록 버터링해지는 허니버터칩과
예습을 할 수 없는 죽음과
예습밖에 할 수 없는 섹스와
긴 바지만 좋아하는 짧은 다리의 사내들과
원숭이 똥구멍은 빨개,
빨간 똥구멍 앞에서 굽실거리는 사과와
한입 베어 먹자마자 잠들어 버리는
당신의 둥근 발기부전증과

오전엔 그쳐요

이슬비도 보슬비도
장대비도 장맛비도
오전엔 그쳐요

노란 레인코트가 그랬어요
붉은 입술로 그랬어요
오전엔 그쳐요

쏟아지는 새벽잠도
휘날리는 벚꽃 잎도
오전엔 그쳐요

모텔도 여인숙도
지긋지긋한 연애도
오전엔 그쳐요

속삭임도 악다구니도
두통도 복통도
오전엔 그쳐요

꼬리를 밟아도
꼬리를 밟혀도
오전엔 그쳐요

오기 전에 그쳐요
하기 전에 그쳐요

나는야 꼬리

나는야 잘려 나간
아버지의 꼬리
아버지의 알리바이
빼도 박도 못 하는
당신의 알리바이

저기 도망가는
아버지는 내 아버지
도망가는 것들은
모두 내 아버지
꼬리 잘린 것들은
꼬리 내린 것들은

어찌 네가 감히
나를 몰라봐!
도마뱀은 꼬리를 나무라지만
꼬리는 도마뱀을 모른다네
정말 모른다네
치통이 이빨을
모르듯이

나는야 아버지의
임플란트 꼬리
대꾸할수록 심오해지는
아버지의 잠꼬대
너는 나의 우울한 기적이야!
나는야 아버지의
구멍 난 콘돔

오늘의 일진

1

병명을 몰라서 죽지도 못 하는
주인이 없어서 개가 될 수도 없는
내게

유일한 위안은

병명을 모르는 개가
주인도 모르는 채
죽어 간다는 것

모른다는 것조차도
모르는 채

2

내가 당신의
등골을 파먹고 있을 때

당신은 내 눈알을
파먹고 있었나요?

당신의 혀끝에서 내 꿈은
사르르 녹고 있었나요?

3

그럼에도 나는
잘 살 것이다

내 눈의 빨간 실뿌리가
영안실 쪽으로
무성하게
뻗쳐 있는 게 안 보이니?

4

이봐, 독두(禿頭)라고 들어 봤어?
내 이마의 경계가

광개토 광개토
넓어진다는 뜻이야

날로 넓어지는
이 황무지를 막으려면
더 단순하게 살아야 한대!

배고프면 먹고
배부르면 자고
술 취하면
개가 되는

5

이쪽 절벽만 있고
저쪽 절벽은 없는
시작은 있고 끝은 없는
저 출렁다리를

아버지는 어떻게 건너가셨을까?

아흔아홉 살 어머니는
언제 건너가시려고
아직도 노란 모자를 쓰고 있을까?

6

아이들은 차례대로 졸업하고
나는 무덤덤하고
아이들은 차례대로 결혼하고
나는 무덤덤하고
아이들은 차례대로 아이들을 낳고
나는 무덤덤하고
아이들은 차례대로 단호해지고

차례대로 키우면
차례대로 죽이지만
한 번에 키우면
한 번에 죽여 준다는군

부모를

7

골대는 항상 열려 있단다
열려 있지 않은 골대는
골대가 아니란다

그러니 언제든지 넣어 다오!
멈칫거리지 말고 논스톱으로 한 방에
골대가 자지러지도록

하지만 너무 좋아할 건 없어

너한테만 열려 있는 건 아니니까

8

어이, 빠삐옹
그렇게 서둘지 마!

그 나비 문신은
꽃이 피어야
저승꽃이 활짝 피어야
날갯짓할 거야

9

얼마나 다급했으면
베란다를 타고 내려올까
구두도 벗고 팬티도 벗고

털이 부숭부숭한
여덟 개의 다리
네 개의 사타구니

사타구니마다
아프리카 아프리카

눈이 딱 마주치자

저도 놀라고
나도 놀라고

오늘의 일진은?

아웃 오브 아프리카!

그믐달은 왜?

가까스로 찾은 소의 고삐를
살며시 당길 때처럼

내가 새벽을 슬며시 당기자
못 이기는 척 당신이 돌아볼 때

캄캄한 당신의 이마 한가운데
그믐달 자국이 선명할 때

네 죄를 네가 알렸다?
개작두를 대령하라!

용작두도 아니고 호작두도 아니고
개작두 앞으로 내가 끌려갈 때

나는 정말 억울합니다―
왜?

저게 개작두라서?
아님 평생 그믐이라서?

생일

놀라서 버린 담배꽁초를
다시 주어서 무는 중딩처럼
어머니는 나를 다시 주워 물었네

버릴 때와 주울 때의 어머니는
전혀 다른 사람

자신을 불태울 수가 없어서
머리를 붉게 물들이는 고딩처럼
나는 나를 태웠다고 생각했네

태우는 나와 타는 나는
전혀 다른 사람

생일을 모르는 고아처럼
케이크만 보면 불을 붙였네
기를 쓰고 내 나이만큼 불을 붙였네

손끝이 타도록
단지 한 번 불어서 끄기 위하여

불을 끄고 박수를 치는 두 손바닥은
전혀 다른 손이었네

수배자들

발이 젖었는데
손을 말리는 것들

눈만 마주치면
오징어가 되는 것들

게처럼 옆으로 걷다가
게거품 물고 달려드는 것들

제 밥그릇에 침을 뱉고
제 숟가락을 구부리는 것들

새끼를 달고 사는

조류나 파충류에
가까운 것들

심장이 어깨나
사타구니에 있는 것들

애완용으로 키우기엔
너무 사랑스러운 것들

회전목마는 암수가 따로 없어

자, 받아 처방전대로 지었어
하루 세 번 식후 삼십 분
이젠 아무도 널 알아보지 못할 거야

양치질하면서 애국가를 부를 수도 있고
애국가에 맞춰서 블루스를 출 수도 있어

모범생처럼 발끝을 모으고 차렷 자세로
오른손으로 왼쪽 가슴을 만지면서
허공의 둥근 체위를 바라보기만 해도 돼

부작용도 있어 흔하지는 않아
축구공처럼 차일 수도 있고
야구공처럼 맞을 수도 있고
골프공처럼 구멍만 찾아다닐 수도 있어

물론 원한다면
네가 구멍이 돼도 좋아
아무런 애정도 없는

어제들의 도시

이 도시는 망각하고 망각하고 더 이상 망각할 게 뭐 없나 생각하다 캄캄해지는 곳이지 일일신우일신이 아니라 일일망우일망하는 곳이지 망각이 공부고 망각이 생활이고 망각이 유일한 삶의 목적이지 길을 걸으면서도 왼손과 오른손을 왼발과 오른발을 번갈아 잊는 건 이 도시 사람들의 오랜 수행법 오늘도 우리는 식은 냄비 손잡이처럼 시무룩해지지 불어 터진 라면발처럼 심심해지지 아버지를 모르는 그래서 아버지밖에 없는 사람처럼 심란해지지 어제를 모르는 사람처럼 자유로워지지 어제를 잊어버린 사람처럼 가난해지지 기억이 사라져 버린 형상기억합금처럼 뻔뻔해지지

한 송이 개불알꽃을 피우기 위해

봄부터 아버지는
그렇게 임종 연습을 하고
마침내 시간에 맞춰 임종을 하고

한 송이 개불알꽃을 피우기 위해

새벽 2시인데도 뎅―
한 번만 치고 시치미 떼는
장례식장 괘종시계 앞에서
남은 한 번을 아침까지 기다리고

한 송이 큰개불알꽃을 피우기 위해
오래전에 개가 된 형들은
영정 앞에 일렬로 늘어서서

남자가 흘리지 말아야 할 것은
웃음만이 아니라는데
왜 이리 클클클 웃음이
자꾸 흘러내리지?

한 송이 털개불알꽃을 피우기 위해
허구한 날
문자질만 해대던 누이는

아버지돌아가심어서안오고뭐하심
내 문자는 꼭꼭 씹어 버리고

고인돌 식탁

몇 번의 트림과 몇 개의 이쑤시개로
나를 다 먹어 치울 때까지
거기가

칼이 아니라 나이프로
미디움이 아니라 웰던으로
구운 간을 콩팥을
고환을

어미를 아비를 여편네를
다 먹어 치울 때까지
후추를 뿌려 가며 소스를 끼얹어 가며
끝까지 먹어 치울 때까지

번들거리는 입술로 더 번들거리는
웃음을 흘리던
거기가

6인용 식탁인 줄 알았지
더블침대인 줄 알았지 별이 다섯 개

장수돌침대인 줄 알았지

더 이상 떨어질 데도 없는 떨어질 수도 없는
바닥인 줄 알았지
맨땅인 줄 알았지

박살 난 내 유골이 발견되기 전까지는

즐거운 동지

오늘은 저 집을 철거하네
포클레인 기사는
오디오 볼륨을 빵빵하게 올려놓고
음악에 맞춰 철거를 하네
맨손체조를 하듯이 무쇠 팔을 두어 번 휘두르니
지붕은 맥없이 주저앉고
벽은 제비 집처럼 쏟아지네
무너진 잔해 사이로
때 절은 빤스처럼
미처 올리지 못한 엉덩이처럼
불쑥 솟아오른 누런 변기
옆에서는 연신 물을 뿌려 대고
음악 분수처럼 신이 나서 뿌려 대고
먼지는 자지러들다가 살아나고
매캐한 냄새는 사방팔방 흩어지고
밥그릇이야 굴러가든지 말든지
집주인이야 울든지 말든지
사람들은 말없이 구경하네
겨울이야 오든지 말든지
팥죽이야 먹든지 말든지

새파란 하늘을 등지고 구경하네
새파랗게 얼어서 구경하네

제3부

최초의 장례

그날 저녁,
셔츠의 앞 단추를 풀었을 때
거울 앞에서 나는 똑똑히 보았다

왼쪽 가슴께에 구름처럼
구물거리는 구더기 떼를

놀라서 얼른 셔츠 자락을 여미었지만,

나에게서 필사적으로 달아나는
내 뒷모습을 보고야 말았다

한 번도 안아 준 적 없는
내 뒷모습

비명도 웃음도 없이
뻥 뚫린 눈으로

매드 맥스

앞서가는 저 차가 브레이크를 밟을 때마다
꽁무니에 녹색불이 들어온다면
재밌겠다

어서 와서 들이받아라
머뭇거리지 말고 놀라지도 말고
미친 듯이 와서 내 뒤를 받아라

칼처럼 성기를 곧추세우고
엉덩이를 향해 돌진하는 수소처럼

한 방에 요절낼 듯이 엉겨 붙는
육중한 것들의 후배위처럼
찔러 다오 망가뜨려 다오 나를

그런 표정으로
파란불이 들어오면 고맙겠다

이때의 석양은 파란색이어야
피멍 같은 석양이어야

환상적이겠다

먹잇감을 행해 달려가는 견인차의
경광등 불빛은 더욱더 눈부시게
아주 눈이 멀게

어제의 냄새

오늘도 여섯 시에 일어났고
여섯 시 오 분에 오줌을 누었고
빛깔은 짙은 보라색이었고
오줌에서 어제의 냄새가 났습니다

어제는 동창회에 갔고
동창들은 모두 대머리였고
배가 나왔고 외국 말을 했고
내가 아는 동창은 한 명도 없었고
나는 훌쩍거리며 돌아왔습니다

점심은 열두 시 십 분에 먹었고
먹고 나서야 내가 먹은 메뉴를 알았지만
이미 소화된 뒤였습니다

세 시 반에 동창회에서 문자가 왔고
문자가 올 때마다 하나씩 죽었습니다

저녁에는 교복을 입고 명찰을 달고
장례식장에 저녁을 먹으러 갈 것입니다

아마도 고인의 이름을 보고 나서야
내가 먹은 저녁 메뉴를 알 것이고

내일은 오줌에서
고인의 냄새가 날 것입니다

도루

—피나 바우쉬를 추모하며

쏜살같이 달려간다 기껏 달려 봐야 죽겠지만
그래도 달려간다 나부터 속아야 한다

멀리 담장을 넘어가는 비행기

한때는 나도 푸른 비행기였지
후들후들 허공을 훔치는 비행기였지
훔쳐야 사는 구겨진 비행기였지

훔쳐라 훔쳐!
병신, 저것도 못 훔치나!

미안하다
이젠 훔치고 싶은 게 없구나
훔쳐서라도 달려갈 집이 없구나
죽기 위해서 달려갈 나라가 없구나

지금은 가까스로 먼지가 빛나는 시간

어느 집에서 생선을 굽는가

어둠을 훔친 검정고양이가
무릎의 각을 세운다

우리가 시라고 부르는 저것은

아무도 없는 주위를 향해
가끔 이빨을 드러내고
으르릉거리다 크르릉거리다
다시 첩첩첩 먹어 대는 저것은

앞다리를 버팅긴 채
자신과의 거리를 최대한 멀게 하면서도
최대한 가까이 당기려는 저것은

다 먹고 나면 아무 생각이 없어지는

노곤해지는
멍청해지는

기껏
자신의 뻘건 자지나 불러내서
한나절 놀게 하는 저 우그러진 것은
저 우라질 것은

(대체 밥그릇은 무슨 자격으로 개를 나무라는가?)

새로운 허기가 찾아올 때까지
텅 비어 있는 저것은

검은 마트료시카

저 시커먼 폐가에 깃들어 살던
검은 짐승들은 다 어디로 갔을까

끌어안고 뒹굴고 입 맞추고
서로의 눈에다 불을 지피며

서로가 서로를 화장(火葬)하던
눈먼 짐승들은 다 어디로 갔을까

구들장은 움푹 주저앉고
지붕에는 검은 풀이 무성한데

어디에서 까만 새끼들 데리고 둘러앉아
제 안의 시커먼 것들을 꺼내 먹고 있을까

서로의 가슴에 칼금을 내고
검은 씨앗을 심고 있을까

몇 번째 내가 싹트고 있을까

뜨거운 새

술만 취하면
웃통 홀랑 벗고
사거리통닭집 평상에 벌렁 드러누워
뭉툭하게 잘린
두 다리를 걷어 올리며

봐라, 씨발놈들아!

오는 사람 가는 사람
보이는 대로 붙들고 시비 거는

위도 아래도 없는
간도 쓸개도
대가리도 없는
털이 몽땅 뽑혀도
정상 체온이 백 도가 넘는

저 새!

고운이치과

오늘은
저 전기의자에 앉아서
무엇을 자백해야 할까

내 나이를
믿을 수가 없어서
내 손으로 내 나이테를
확인하러 왔달까
그러니 내 목을 베어 달랄까

맹구 없다!
백치인 양, 천치인 양,
아무것도 숨길 수 없게
앞니나 몽땅 뽑아 달랄까

아침에도 닦고
저녁에도 닦고
돌아서면 닦는데
저 거뭇거뭇한 나이테는 어떻게 된 걸까

솔직하게 말해 봐요
저 나이테 안에서
당신이 저지를 죄들을!

상냥하게 말하는데도
나는 벌어진 입을
다물지 못하고
놀란 오징어처럼 구겨지는데

평생 학습

평생이란 말처럼 지루할까, 평생이란 말처럼 뭉클할까, 평생이란 말처럼 땅거미가 질까, 검은 머리 파뿌리 되도록 이라는 말처럼 허리 아플까, 오죽 할 게 없으면 평생 교육을 생각했을까, 평생 1학년 1반만 하라면, 평생 숙제 검사하고, 평생 채변 검사하고, 평생 시험 치고, 평생 손바닥을 맞는다면, 평생 왕따당하고 평생 왕따시킨다면, 엄마 학교 오시라 해라! 지금도 꿈을 꾼다네, 엄마 오시라 해라! 엄마를 왜요? 낫 놓고 기역 자도 모르는 엄마를 왜요? 무릎도 못 쓰고, 허리도 못 쓰고, 못 보고 못 듣고, 심장에 못 박힌 엄마를 왜요? 올해 백 살, 엄마를 왜요? 요양원에서도 제일 고참, 엄마를 왜요? 정신줄 놓은 지 오랜데, 막내 아들도 못 알아보는데, 그래도 주문처럼 중얼거리지, 돈 많이 벌어라, 돈 많이 모아라, 고마 훅 간다, 고마 훅 가는 엄마를 왜요? 평생이란, 전생에서 후생까지, 엄마에서 파뿌리까지인가요, 그럼 전생을 모시고 올게요, 마당쇠나 껄떡쇠였을 전생을 모시고 올게요, 필시 소나 돼지였을 전생을 모시고 올게요, 어젯밤에도 친구 놈들과 전생을 칠 인분이나 구워 먹었는데요, 육 인분에 일 인분은 서비스로, 전생에도 학습을 했겠지요? 학이시습지면 불역열호아, 열나게 학습을 했겠지요? 학학대며 학습을 했겠지요? 애야,

사람이 배우지 않으면 어둡고 어두운 밤길을 가는 것과 같
단다, 차라리 밤길을 가는 게 낫겠어요, 캄캄한 게 낫겠어
요, 그냥 엄마를 모시고 올게요, 백 살에 치매예방교실에
서 할머니, 이렇게 손을 흔들어 봐요 반짝반짝, 반짝이는
엄마를 모시고 올게요!

우는 비

푸시식, 푸시식 가을 숲에 비 온다
숯불에 물 끼얹듯이 가을비 온다
무엇을 들킨 사람처럼 허둥댄다

나는 왜 이 숲에까지 쫓겨 왔는가
단풍 때문이야,라고 둘러대는 건 식상하다
솔직해지자, 나는 왜 여기까지 왔는가
단풍 때문만은 아니야,라고 말하는 건 잔인하다

더 솔직해지자, 나는 왜
여기에 오지 않으면 안 됐는가
아, 그만하자 제발 그만하자

저기 봐라, 무릎 사이에 고개 처박고
푹푹 우는 남자처럼 비가 운다
절대 울어서는 안 되는 불길한 짐승처럼
가을비가 운다 어쩌자고 이젠 대놓고 운다

우리, 다시는 솔직해지지 말자!

발목을 꺾다

코스모스 지고 나니
내 죄가 더 잘 보인다

가을 내내 이 들판에서 내가 꺾은 것은
플라스틱 죄 한 묶음

들판 저쪽에서 이목구비 없는
아버지를 다시 만난다 한들

이젠 당신의 죄도 전혀 알아보지 못하는
어머니를 거기 버린다 한들

이쪽을 가리면
저쪽이 다 드러나는 죄!

발목을 꺾어 죄를 묻는
전자발찌처럼

플라스틱 노을이 발목에 감긴다

노랑새

노랑새가 죽었지
노란 새가 아니라 노랑새—
파랑새가 아니라 노랑새—
어머니도 오래전부터 저렇게
노란 삼베 수의 한 벌 장만해 놓고 죽기만 기다리고 있지
좋은 수의를 입고 가면 자식들한테 좋단다
그러니 비싸고 좋은 수의 한 벌 장만해 다오
다 느그들 잘되라고 하는 거 아니냐
어머니는 큰 형님 눈치를 보며 당신의 수의를 부탁했지
그딴 것에 뭣하러 비싼 돈 들여요!
일언지하에 거절당했지
교복도 아니고 웨딩드레스도 아니고 수의를 거절당했지
망할 놈, 다 즈그들 위한 거그만
어머니는 노랗게 돌아누웠지
내가 사 드릴게요 어머니,
나는 어머니한테 노란 수의를 사 드렸지
수의는 장롱 바닥에서 이승의 남은 시간을 세고 있는데
정신줄 놓아 버린 어머니는 수의를 산 기억조차도 없지
올해 몇 살이오?
당신의 나이도 모르면서 막내아들 나이만 자꾸 묻지

내 나이가 몇일까, 어미는 하루하루 죽어 가는데
새끼의 나이가 어미를 죽이는데
어미는 묻고 또 묻지, 몇 살이오?
노란 수의를 입고 떠난 저 새는 몇 살일까?
저 새의 막내는 몇 살일까?

문틈으로 들어오네

사람 냄새가 들어오네
생선 굽는 냄새처럼 들어오네

그 사람 냄새가 들어오네
그날처럼 들어오네

너무 타 버린 생선처럼
이제는 얼굴도 알아볼 수 없는

이름도 입술도
뒤통수마저도 알아볼 수 없는 사람이
저녁만 되면 들어오네

한번 맡으면 죽어야 하는
아무리 동치미 국물을 마셔도 죽어야 하는
연탄가스처럼 들어오네

내 목을 끌어안고 들어오네
얼굴을 부비면서 들어오네

자동문

자동문이 열리는 순간

저녁 8시 뉴스처럼 켜지는
질문들

틈틈이 부라리는
협박들
공갈들
위로들

하지만 모두 슬픈 눈
여기서는 눈의 용도가 왜 이리 단순한가?

자동문이 닫히는 순간

하품을 참아 가며
루주를 고쳐 가며

한 줌 **뼛**가루를 기다리고 있는
오답들

고흐는 어떻게 알았을까

출출한 고흐가

밀밭 옆 측백나무 아래서

라면을 끓이네

측백나무는 면발처럼

굽슬하게 흘러내리고

뜨거운 냄비를 들다

화들짝 놀란 고흐는

두 손을 귓불로 가져가네

라면의 맛이란

뜨거운 귓불의 맛!

귓불 없는 고흐가 그걸

어떻게 알았을까?

발톱을 깎으며

프랑스인들과 만나면서
점잖게
불행할 수 있는 것을 배운다
—에밀 시오랑

하얀 변기가 더럽혀질까
변기 앞에서
안절부절못하는 나를

지릴 때까지
두리번거리는 나를

컵라면을 먹을까
봉지라면을 먹을까
고민하다가 번번이
끼니때를 놓치는 나를

죽어 줄까
살지 말까

죽어도 죽은 것 같지 않은
살아도 산 것 같지 않은
나를

프랑스인들이 만나나 줄까?

월식

아버지가 발톱을 깎으신다

쇠죽솥에 발을 불린 아버지가
둥글게 몸을 말아 발톱을 깎으신다

시퍼런 조선낫으로
발톱을 깎으신다

배는 없고
등짝만 남은 아버지가
갈비뼈를 떼어 내어 코뚜레를 깎으신다

코는 없고
코뚜레만 남은 아버지가
그믐달을 깎으신다

마이다스

내 손만 닿으면
모두 똥이 된다

숟가락을 잡으면
밥이 똥이 되고

운전대를 잡으면
새 차가 똥차가 되고

현관문을 잡으면
거실이 화장실이 되고

책을 잡으면
머릿속이 똥으로 차고

너를 만지면

내가
똥이 되고

정면

아무리 고개를 돌려도 정면이다

앙코르 왓트 사면 불상처럼

전후도 좌우도 모두 정면이다

뒤통수가 주먹의 정면이듯이

시인이 사기꾼의 정면이듯이

나는 내가 죽어라 싫어하는 인간들의 정면이듯이

오늘이 내 제삿날의 정면이듯이

이게 살자는 것인지 죽자는 것인지

저 불자동차는 불을 끄러 가는 것인지

끄고 오는 것인지

칠점무당벌레가

방금 일곱 번째 점을 지운

시뻘건

그 자리에

여덟 번째 점을 문신하고 있다

일개의 영혼, 부조리한 비애

김춘식(문학평론가)

잠언처럼, 한 구절의 문장, 한 소절의 변명 같은 말에서부터 이 글을 시작하기로 하자.

영웅적인 영혼의 소유자라면 그 점에 대해 자문해 보는 것이 좋다. 자유로운 사유와 개인적으로 형성된 삶의 영역을 걸을 경우에는, 아무리 작은 발걸음 하나라도 오래전부터 정신적, 육체적인 가책과 함께 싸워 얻어졌다.(니체, 『아침놀』, 책세상, 2004, p.36.)

이 말은 이 세상의 부조리한 측면에 대한 확신이면서 동시에 자유가 윤리적 금지나 억압의 내재성을 깨뜨리는 일탈로부터 얻어진다는 이단자의 변명을 포함하고 있다. 어쩌면 시를 쓰는 욕망이란 적어도, 우리의 시대에는 이 진술에 거의 일치하는 것이다. 처음부터, 당연한 것은 없는데,

모든 것이 당연하고 자연스러운 것처럼 명령하고 말을 건넨다. 명령이 있다는 것, 그리고 선택의 여지가 없는 세상이 존재한다는 것, 그물처럼 얽힌 관계 속에서 이탈이란 실질적인 죽음 또는 윤리적 사형 선고와 같다는 사실을 위협하면서 동시에 은폐하는 언어들만이 가득하다. 시가 저항하고 해체하는 언어가 된 까닭은, 이런 허구의 세계, 상징적 질서의 세계에 대한 도전을 감행했기 때문이라는 구구절절한 말은 이 장면에서 생략하자. 어차피 번거롭고 구차한 일이 아닌가. 단지, "정신적, 육체적인 가책"이라는 말에 일단 방점을 찍고 넘어가자.

공포나 두려움이 있고 가책이 있다. 버림받거나 스스로 패륜아가 될까 두려운 내면의 금기를 몰래 넘나드는 호기심과 욕망이 있다. 시에 대한 열망이 더 이상 고상한 신분을 증명하는 일이 아니라는 것은 이런 이탈자의 은밀한 충동이 시를 적어 내는 열망에 더 가깝다는 사실에서 잘 드러난다. 시를 쓰는 일은 이제, 더 이상 고상한 정신에서 시작되는 것이 아니라 가책과 질투, 욕망에서 출발해서 "영웅적인"(?) 영혼의 모험 서사로 끝나는 일종의 '자기 서사'이다.

시인이 기록할 수 있는 것들은 무엇인가. 내면의 드라마에 담긴 내용물들이란 더 멀리 도주한 사람일수록 그저 후회와 가책이 가득할 뿐인데, 진정 이런 어제의 내용물들이 어떻게 아름다운 기억과 만날 수 있는가.

시인의 숙명에 대해서 말한다면, 아마도 이런 변명의 서사와 그 긴 이탈의 시간을 재성찰하는 과정 속에 주어질 것이다. '견자'로서의 시인이란 속박된 자이면서 동시에 해방된 영혼을 가진 자들을 일컫는 말이라는 점에서, '지금, 여기'의 시인들이란 여전히 이탈된 자로서의 자기 서사를 완성해 가는 '숙명' 속에 스스로를 던진 사람들인 듯하다.

사막으로 표현되는 21세기의 일상 속에서 모든 세속적인 것은 굴욕적인 것이다. 술과 유흥 앞에 굴욕적이 되고, 돈 앞에, 권력 앞에, 다시 빵과 밥 앞에서 굴욕적이 된다. 굴욕만 참으면 살아가는 데는 지장이 없는 세상에서 생존이란 굴욕 그 자체를 의미하는 것으로 바뀐다. 굴욕과 억압이 일상화된 세상에서 쾌락이란 '허락된 자유와 일탈'이라는 역설적 통제를 의미한다. 자유란, 어쨌든 정신적·육체적 상처를 간직할 수밖에 없다는 점에서 투쟁적 인식의 결과물이다. 그런데, 이런 자유에서 투쟁이나 피의 냄새를 지워 버리고 나면, 그것은 역설적으로 고도의 통제술이 되기도 한다. 지금, 이 시대 시의 숙명이란 그래서 버림받은 자들, 분노하는 자들, 불안한 마음을 숨길 수 없는 자들의 마음에 더 가깝게 다가가 있는 듯하다. 시가 더 이상 고상하지도, 화려하지도, 도덕적이지도 못하고, 잡스러우며, 삼류의 질투와 마이너리티의 세계를 그려 내는 이유도 아마 이런 점에 있을 것이다. 우리는 시를 더 이상 숭고하고 고상한 것으로 바라보지 않으며, 이 세계에 던져진 그저 '일개의 영혼', 유물처럼, 시간 저편에 머물러 있는 어제의 산물이라는 점을 점점 잘 알아 가는 중은 아닐까. 이탈한 자들의 서사란 이 점에서 도저히 회복될 수 없고 돌이킬 수 없는 자책과 함께 얻어진 자유에 대한 이야기들이다.

모든 것들은 그 위에 있었다
주인도 손님도 도둑도
예수도 부처도 생선 대가리도

나만 그 아래 있었다
거기서 먹고 자고 싸고
가끔 짖거나 짖지 않거나

뼈다귀를 던져 주면 뼈다귀를
똥을 던져 주면 똥을 욕을 던져 주면 욕을
주는 대로 물고 왔다

모든 것은 그 아래로 물고 와서야
비로소 내 것이었다
심지어 나 자신조차도

그곳은 지상이었지만 하늘이 없었고
하늘이 없어서 죄가 없었다

내 몸은 허기의 힘으로 굵어져서
우그러진 밥그릇처럼 투명해졌을 때
그곳에서 끌려 나와 매달렸다

그들의 십자가에 대롱대롱

뼈다귀와 함께 악다구니와 함께

—「마루 밑에서 보낸 한 철」 전문

한 마리 개에 비유된 이 알레고리의 주인공이 누구인지
는 자명해 보인다. 시인 자신이면서 동시에 '시' 자체로 보
이는 이 이야기 속 화자는 한마디로 '개 같은 인생'을 살다
갔다. 랭보의 「지옥에서 보낸 한 철」을 패러디한 제목에서
알 수 있듯이, 모멸과 치욕으로 점철된 이런 억압의 시간
들은 바로 일상적 삶에 대한 자기 풍자를 담고 있다. 과장
된 비극적 서술은 이 점에서 일상적 삶의 지극한 '평범함'과
극단적 대조를 이루는 효과를 자아낸다. 풍자 대상의 지극
한 평범함과 그 평범한 일상의 이면에 감추어진 폭력과 비
극의 실체를 대비하며 폭로하는 지점에서 이 시의 알레고
리가 의미를 지니는 것이다. 역설적으로 말하자면, 이 시는
너무나 평범한 우리의 일상에 대한 사실적 풍자이기도 한
것이다.

김남호 시인의 이번 시집에 실린 시편의 중요한 특징은
아마 이 점에 있을 것이다. 시편의 많은 부분이 풍자나 알
레고리적 특징을 지니고 있으면서도, 그것이 단순한 수사
적 비유 이상의 '사실적 묘사'로 읽히는 것이다. 그 까닭은
시인의 통찰이나 관점이 내장하고 있는 비장함에서 비롯된
다. 지나치게 무겁고 진지하다고 여겨질 만큼 그의 시적 풍

자는 가벼운 '위트'를 담고 있지 않다. 풍자에서 '웃음'을 제거하고 나면 남는 것은 오히려 '비애'이다. 구슬프고, 처량한, 비애를 말하는 풍자란 기본적으로 자기 연민과 가책, 후회를 통해서 세계의 부조리를 폭로하는 측면을 지니고 있기도 하다. 부정적인 세계를 직접적으로 비판하기보다는 그 세계 속에 던져진 '자아'의 비극에 주목하기 때문에 이런 종류의 풍자는 연민을 동반한다는 점에서 감상적인 요소가 두드러지기도 한다. 김남호 시인의 시편 속에 담긴 이야기를 굳이 '사전적인 서사'로 환원해서 읽을 필요는 없을 것이다.

그러나 이 세계의 주문에 호응하는 주체와 달리 자아란 무의식적인 것이라는 라캉의 말처럼, 그의 시 속에 담긴 이야기의 중심에 '익명의 자아', 이 시대의 무의식을 위치시킬 수는 있을 듯하다. '명령'에 따르지 않는 자아의 목소리는 언제나 단일한 형태를 지니고 있지는 않다. 때론 비극적으로, 때론 희극적으로 또 희극도, 비극도 아닌 형태로 이 상징적 질서의 바깥을 욕망하는 무수한 욕망의 스펙트럼이 존재할 것이다. 김남호 시인의 시에 등장하는 자아의 모습이란 그렇게 정서적으로 자신을 과장하는 '포즈'를 취한다.

아무도 없는 주위를 향해
가끔 이빨을 드러내고
으르릉거리다 크르릉거리다
다시 첩첩첩 먹어 대는 저것은

앞다리를 버팅긴 채
자신과의 거리를 최대한 멀게 하면서도
최대한 가까이 당기려는 저것은

다 먹고 나면 아무 생각이 없어지는

노곤해지는
멍청해지는

기껏
자신의 뻘건 자지나 불러내서
한나절 놀게 하는 저 우그러진 것은
저 우라질 것은

(대체 밥그릇은 무슨 자격으로 개를 나무라는가?)

새로운 허기가 찾아올 때까지
텅 비어 있는 저것은
                    —「우리가 시라고 부르는 저것은」 전문

　　개밥 그릇과 개와 시가 중첩되는 장면을 통해 시인이 보여 주는 것은 욕망과 시의 어떤 공모 지점이다. 허기와 욕망, 영원히 해소되지 않을 그 결핍이 무엇을 의미하는지에 대한 김남호 시인의 풍자란 지극히 부조리한 것이다. 어떤 필연이나, 실존적 이유도, 의미도 존재하지 않는 본능이나 생리 같은 것이기에 이제 시는 부조리한 삶에 대한 알레고리이며 그 자체로 모순적인 존재인 것이다. 시인의 시에 대한 '냉소'는 '밥그릇이 개를 나무랄 자격이 없다'는 말 속에 강하게 드러난다. 현대의 시인이 '개'에 비유되는 존재라면 이제 시는 그저 우그러진 '개밥 그릇'일 뿐이다. 오직 맹목적인 허기와 그 허기를 일시적으로 채워 주는 '대리충족(결코 근원적인 욕망의 충족이 되지는 못하는)'의 관계에 있는 것이 시와 시인인 셈이다. 오직 억압만이 존재하는 삶 속에서 시 역시 상징적 질서의 권위 밑에서 행해지는 '허락된 일탈'에 머문다면, 아마 "우리가 시라고 부르는 저것은", 개와 개밥 그릇의 관계와 다르지 않을 것이다.

일상화된 억압이나 굴욕이 스스로를 은폐하며 자연스러운 삶을 구성해 가는 동안, '삶과 시'는 그렇게 개만도 못한 신세로 전락하고 만다. 마루 밑에서 쭈그러져 있거나 으르렁거리고 쩝쩝거리는 맹목적 허기와 일탈이 시가 할 수 있는 '전부'인 것처럼 되어 버린다면, 이제 우리가 시라고 부르는 것을 고상하고 아름답다고 부르는 일은 그저 철 지난 유행가이거나 어제의 영광을 무한 반복으로 상영하는 것과 다르지 않을 것이다. 이 점에서 김남호 시인의 풍자는 과장된 비극적 포즈 속에 전혀 '눈물'이 담기지 않은 드라이한 냉소를 담고 있다. 서글프지만 비루한 현실이란, 눈물보다는 자기 고발과 냉소에 더 잘 들어맞는 듯하다.

「줄넘기」라는 시도 역시 알레고리적 풍자를 보여 주는 작

품인데, 이 시 안에는 아슬아슬한 폭력의 징후와 그로테스크한 살육, 신체 절단의 이미지가 나타난다. 수사 자체는 무척 평이한 편이지만, 아이들의 줄넘기 놀이가 일상화된 폭력의 징후를 보여 주는 장면은 거대한 상징적 질서의 세계가 신체를 규율하고 절단한다는 말을 그대로 재현해 내고 있는 듯하다. "양쪽에서 칼자루를 쥐고 칼을 돌리는 아이도/줄을 서서 칼을 기다리는 아이도 노래를 부른다//첫 번째 아이가 까닥까닥 발끝으로 박자를 맞추더니/무지개 칼날 속으로 머리부터 집어넣는다/회전 칼날 속에서 아이가 돈다//두 번째 아이도 머리를 집어넣는다/세 번째 아이도 머리를 집어넣는다". 순서대로 줄을 서서 아이들이 돌리는 칼 속으로 머리를 집어넣는 장면은 김남호 시인의 시선이 얼마나 부조리의 포착에 익숙한가 하는 점을 잘 보여 준다. "쉭쉭" 소리를 내는 줄넘기가 칼날이 돌아가는 소리로 바뀌고 붉은 해는 곧 어디선가 일어날 끔찍한 폭력(신체 절단)의 느낌을 핏빛으로 암시한다.

줄을 서서 자발적으로 칼날 속에 들어가는 아이들이란 도대체 '누구'를 암시하고 있는가. 이 장면은 어쩌면 우리가 몸담고 있는 이 세계의 질서와 메커니즘을 보여 주고 있는 것은 아닐까. 질서란 줄넘기 줄처럼 우리의 일상을 쉭쉭거리며 구분하고 가로지른다. 우리의 신체와 육신은 그 질서 안에 억지로 욱여넣어지며 결국은 절단되거나 길들여지고 만다.

김남호 시인의 시적 풍자가 '비애'를 연출해 낸다는 말은 아마 이 점과 관련이 있을 듯하다. 풍자가 부정적 대상을 향할 때 풍자란 기본적으로 공격적인 수사에 해당된다. 이 점은 자기 풍자의 경우에도 예외는 아니다. 그러나 김남호 시인의 알레고리는 풍자의 대상을 비극적인 희생자 혹은 폭력과 억압에 의한 피해자로 바라보기 때문에 기본적으로 희화화가 좀처럼 나타나지 않는다. 시적 대상은 약자이며 희생자이기 때문에 오히려 연민의 대상이거나 부조리한 세상에 갇힌 비극적 운명을 사는 존재이다. 이 상황에서 비애나 비장함이란, 삶의 본질이 되며 영원히 넘을 수 없는 굴레가 된다.

그녀의 걸레질은 멈출 줄을 몰랐다
할수록 더러워졌고
더러워질수록 치열해졌다
그 일에 모든 걸 건 사람 같았다
걸레질은 일주일 동안 계속되었고
걸레는 이미 걸레가 아니었다
거길 뭣하러 그렇게 닦아요?
아무도 묻는 사람이 없었다
만일 누군가가 그렇게 물었다면
그녀는 마른걸레처럼 미쳤을 것이다
아무도 묻지 않았기에 미치지 않았고
아무도 묻지 않았기에 미칠 수가 없었다
그러나 누구도 물을 수가 없었고

그녀는 언제 미쳐야 할지를 몰라서

걸레질만 하고 있었다

아무것도 닦을 수 없는 걸레로

무언가를 닦고 있었다

—「걸레질」 전문

부조리한 삶과 그 삶을 살아 나가는 존재의 구도는 인용한 시와 같이 '숙명적인 인내와 비장함'으로 표현된다. 그리고 그런 인내와 비장함조차도 그저 부조리한 것이기에 영원히 멈춰지지 않는 걸레질처럼 끝없이 반복된다. 삶이, 인생이, 무한 반복되는 비장함이나 비애로 가득 차 있다는 이런 시각에서 바라본다면, 공허하고 무의미한 삶을 치장해 주는 것은 역으로 바로 이 '비애'이다. '자기 연민과 비애'의 나르시시즘이 이 건조하고 부조리한 삶의 무한 반복을 역으로 견디게 하는 힘이라면, 이건 분명 아이러니이다. 그런데, 글쓰기 혹은 시란, 이런 '나르시시즘'의 한 형태가 아닌가.

김남호 시인의 시적 자의식에 담긴 부조리한 세계에 대한 통찰은 이 점에서 시 쓰기 혹은 글쓰기를 추동하는 욕망의 출발점인 듯하다. 시가, 더 이상 세계를 재구조화하는 데 기여하기보다 질서의 바깥을 열망하는 힘으로 써질 때, 시를 쓰는 일은 일종의 혁명을 꿈꾸는 일이 된다. 부조리한 체제를 이를 악물며 견디거나 체제 바깥을 꿈꾸는 일은 모두 전복적인 것이다. "열쇠 수리공이 와서/내 입을 열자마자/붉은 뼈가 쏟아져 나왔다"(「뼈아픈 후회」)는 말처럼, 시인은 억압된 '입'을 열자마자 알 수 없는 '뼈'(무의식적 자아의 언어)를 쏟아 낸다. 주체의 언어가 아닌 무의식에 내장된 '자아'의 욕망을 담은 언어라는 점에서 그것은 해독이 불가능한 '뼈'와 같은 언어가 된다.

'지금, 여기'의 지점에서 시가 존재하는 방식은 어쩌면 이런 것인지도 모르겠다. 난해하거나 뒤틀린 수사가 더 미학적이기 때문에 그런 것이 아니라, 이제 세계 바깥으로 나갈 출구가 없다는 의식 때문에, 그런 부조리와 비극적 현실 인식을 드러내는 '불구적인 언어', '새로운 언어'를 찾는 몸짓이 일종의 '포즈'처럼, 자신을 드러내는 방식이, '지금, 여기'의 시를 구성하고 만드는 것이다.

나도 저렇게 한번
해 보고 싶어서다

증오 끝에 만난 과도처럼
나를 찔러 보고 싶어서다

신음을 흘리며 자지러지는 나를
끝까지 훔쳐보고 싶어서다

정강이뼈만 남은
붉은 소화기처럼

허옇게 나를

뿌려 대고 싶어서다

불타고 싶은 이곳에서

불타는 시늉만 하는

저곳으로

　　　　　　　　　—「포르노를 보고 숨이 멎는 것은」 전문

　인용한 시는 '포르노'에 관한 내용이지만 사실은 '욕망'에 대한 알레고리이다. "불타고 싶은 이곳"에서 "불타는 시늉만 하는/저곳으로" "붉은 소화기처럼" '나를 뿌려 대고 싶다'에는 '거짓 삶'이 '거짓 삶(환영)'을 소비하는 방식이 포착되어 있다. "불타는 시늉"이라도 하는 것이 "불타고 싶"지만 그렇게 할 수 없는 '이곳'보다 덜 억압적이고 또한 덜 부조리한 것이다. "찔러 보고 싶"고, "뿌려 대고 싶"은 나의 욕망이란, 이곳에선 금지된 것이다. 그렇지만 '저곳'은 시늉만으로 존재하지만 그런 나의 욕망이 금지되지 않는다.

　"신음을 흘리며 자지러지는 나를/끝까지 훔쳐보고 싶"어 하는 나는 이탈의 욕망으로 충만한 자아이면서 동시에 이 부조리한 세상의 빈틈을 응시하는 자아와 다르지 않다.

　부조리와 감옥 같은 일상은 21세기의 삶을 지배하는 핵심적인 징후이다. 메커니즘에 대한 이해 없이는 우리는 모두 거짓 환영과 허용된 자유에 대한 착각에서 점점 더 벗어

나기 어렵게 될 것이다. '끝까지 나를 훔쳐보는 것'은 이제 깨어 있는 시각이나 자기 욕망의 실체를 인식할 수 있는 소수의 사람들만이 해낼 수 있는 힘겨운 일이 될지도 모른다. 시가 새로운 언어의 가능성을 열려고 하면 할수록 일상의 구조화된 질서에 부딪히고 다시 소환되기를 반복할 수밖에 없는 까닭도 이 점에 있다.

김남호 시인이 구사하는 알레고리는 이 점에서 지금까지의 수사적인 전략을 되풀이하거나 반복하지 않는다는 사실이 가장 큰 장점이다. 알레고리적 풍자란 종종 지나친 일반화로 인해 세속화하거나 세태 풍자에 멈출 가능성이 많은 수사이다. 인식의 치열함이 보장되지 않는다면, 알레고리적 풍자시는 지나친 도식성이나 계몽성을 벗어나기 어렵다. 결국, 욕망에 대한 집요한 탐구, 시차적 간극들이 지닌 이중적인 딜레마 등 현실의 상징적 질서가 균열을 드러내는 지점에 주목해서 이를 알레고리화하는 과정이 동반되지 않는다면 알레고리는 낡은 수사적 전략으로 떨어지게 된다.

베냐민이 알레고리를 '성좌의 지도'를 그리거나 '이념'을 재구성하고 세계를 재편하는 가능성을 지닌 수사로 본 것은 이 점에서 의미심장하다. 상상력의 새로운 전개와 그 상상력을 언어화할 수 있는 가능성이 알레고리라는 수사 안에서 이루어진다. 재현이 아닌 새로운 표상 체계를 만드는 방법이라는 점에서 알레고리는 '이곳'이 아닌 '저곳'을 드러내는 언술이기도 하다.

오늘도 여섯 시에 일어났고
여섯 시 오 분에 오줌을 누었고
빛깔은 짙은 보라색이었고
오줌에서 어제의 냄새가 났습니다

어제는 동창회에 갔고
동창들은 모두 대머리였고
배가 나왔고 외국 말을 했고
내가 아는 동창은 한 명도 없었고
나는 훌쩍거리며 돌아왔습니다

점심은 열두 시 십 분에 먹었고
먹고 나서야 내가 먹은 메뉴를 알았지만
이미 소화된 뒤였습니다

세 시 반에 동창회에서 문자가 왔고
문자가 올 때마다 하나씩 죽었습니다

저녁에는 교복을 입고 명찰을 달고
장례식장에 저녁을 먹으러 갈 것입니다
아마도 고인의 이름을 보고 나서야
내가 먹은 저녁 메뉴를 알 것이고

내일은 오줌에서

고인의 냄새가 날 것입니다

　　　　　　　　　　　　　—「어제의 냄새」 전문

　우리의 인식은 언제나 사후적이다. 사건이 발생하고 그 사건에 대한 인식이나 의미는 언제나 사후에 발견된다. 지젝이 강조한 것처럼, 이런 인식의 사후성은 단일한 사건에 대한 의미를 '시차적 차이'라는 양립 불가능한 상황 속에 놓이게 만든다. 결국 상징적 질서로 규정된 이 세계를 구성하는 사건은 하나의 단일한 의미로 환원될 수 없는 것들이다. 이런 상황을 염두에 둔다면 일상의 부조리함이란, 위장된 질서에 균열이 생긴 상황을 포착한 결과라고 할 수 있다.

　위의 시에 등장하는 모든 사건은 사후적으로 인식된다. "어제의 냄새"라는 제목처럼, 감각과 인식 모두 사건이 발생한 이후 사후적으로 지각된다. 인식의 사후성은 결국 객관적인 사건에 대한 확실성이 부재하는 상황을 연출하는데 이런 상황은 그 자체로 부조리한 것이다. 김남호 시인의 시에 나타난 부조리나 알레고리는 이런 점에서 보면 인식의 스펙트럼이 분산되어 여러 가지의 가능성(현상학적인 의미의)을 탐지하는 과정에서 나타난다. 동창회에서 온 문자와 하나씩 죽어 가는 사람의 부고, 장례식은 환유적인 응축으로 순차성이 없이 혼재된 사건들이다. 어떤 사건이 먼저 발생했는지는 오히려 중요하지 않으며 이 모든 혼재된 사건에 대한 인식이 사후적으로 발생하면서 의미가 부여된다는 사실 자체가 폭로된다.

이 세계의 그로테스크함이나 부조리함에 대한 언어적 탐
구가 시적 언어의 새로운 방향을 만들고 있는 한 현상을 우
리는 이렇게 지켜보고 있는 것이다.

몇 번의 트림과 몇 개의 이쑤시개로
나를 다 먹어 치울 때까지
거기가

칼이 아니라 나이프로
미디움이 아니라 웰던으로
구운 간을 콩팥을
고환을

어미를 아비를 여편네를
다 먹어 치울 때까지
후추를 뿌려 가며 소스를 끼얹어 가며
끝까지 먹어 치울 때까지

번들거리는 입술로 더 번들거리는
웃음을 흘리던
거기가

6인용 식탁인 줄 알았지
더블침대인 줄 알았지 별이 다섯 개

장수돌침대인 줄 알았지

더 이상 떨어질 데도 없는 떨어질 수도 없는
바닥인 줄 알았지
맨땅인 줄 알았지

박살 난 내 유골이 발견되기 전까지는
　　　　　　　　　　　　　　—「고인돌 식탁」 전문

　고인돌이라는 고대적 유물에, 6인용 식탁을 비유한 이
시의 핵심은 일상성의 허상과 폭력의 평범함, 그 은폐된 속
성을 드러내는 데 있다. 알레고리적 수사는 명징함을 지닌
만큼 단순해 보이는 단점이 있는데, 이 시에 사용된 알레고
리도 단편적으로 보이는 단점이 없지는 않다. 그러나 가족
제도 혹은 가정의 '안락한 일상'이 은폐된 폭력성과 착취의
구조를 지니고 있다는 비판이나, '아버지나 엄마'를 먹어 치
우는 식인 행위가 이루어지는 장소로 가정을 그리고 있는
점은 의미심장하다. 안일한 신념과 습관을 걷어 내는 지점
에서 그로테스크한 폭력의 이미지를 불러옴으로써, 일상적
신념이나 인식 체계에 일정한 혼란을 주거나 균열을 가하
는 방식이 최근 시의 주요 경향이라는 점을 생각해 본다면,
이런 접근은 아주 낯설지만은 않은 것이다.
　고령화, 무한 경쟁, 청년 실업, 불평등의 심화 등은 이제
이 세계를 구성하는 단단한 틀에 밀착된 현상이 되었다. 세

계화가 이끌어 온 '경쟁'의 구도 속에서, 조작된 당위는 언제나 부조리한 것이다. 실존적 조건이 부조리하다기보다 이제 이 세계 자체가 그렇게 부조리하게 굴러간다. 그리고 새로운 의미나 가치의 발견이 전제되지 않는다면 이런 부조리의 심화 현상은 결코 중단되지 않을 것이다.

지젝의 표현처럼, 모든 의미나 가치는 오로지 '가능성'으로서만 존재할 뿐이다. 시의 언어가 새로운 가능성에 집중하는 점도 언제나 부정을 통해 새로운 언어가 출현하기 때문이다. 미적이든, 언어적이든, 인식적이든, 새로움이란 아직 존재하지 않은 것들의 가능성, 그것에 다름 아닐 것이다.